宋词（上）

洋洋兔 编绘

泰山出版社 · 济南 ·

图书在版编目（CIP）数据

宋词．上 / 洋洋兔编绘．-- 济南 ： 泰山出版社，2020.12
（漫游中国系列）
ISBN 978-7-5519-0185-7

Ⅰ．①宋… Ⅱ．①李… ②洋… Ⅲ．①宋词一儿童读物 Ⅳ．① I222.844

中国版本图书馆 CIP 数据核字（2020）第 220363 号

责任编辑 池 骋
装帧设计 洋洋兔

SONGCI SHANG
宋词（上）

出版发行： 泰山出版社
社　　址：济南市泺源大街 2 号　邮编：250014
电　　话：综 合 部（0531）82023579　82022566
市场营销部（0531）82025510　82020455
网　　址：www.tscbs.com
电子信箱：tscbs@sohu.com
印　　刷： 朗翔印刷（天津）有限公司
开　　本： 190mm×210mm　24 开
印　　张： 1.5
字　　数： 80 千字
版　　次： 2021 年 1 月第 1 版
印　　次： 2021 年 1 月第 1 次印刷
标准书号： ISBN 978-7-5519-0185-7
定　　价： 20.00 元

目录

秦始皇并吞六国

宋词之旅

没想到小小一碗东坡肉，也能帮小朋友掌握诗词知识呢！快找找你身边有哪些和宋词有关的事物吧！

李煜

南唐/北宋

生　　卒：937年—978年
字／号：字重光，
号钟隐、莲峰居士
称　　号：南唐后主、词帝
代表名句：春花秋月何时了？
往事知多少。

注：本书所示年龄均按虚岁计算。

李煜(yù)是1000多年前南唐[1]的最后一位国主。据说，他额头很大，微微有些龅(bāo)牙，你可能会觉得他长得有点丑，可古人却认为这种长相是“圣人相”，具有当领袖的潜质。

李煜的大哥——太子李弘冀(hóng jì)从小就不喜欢这个弟弟。他一直都在提防这个“龅牙弟弟”，生怕他会夺了自己的江山。

不过李煜对国家大事没什么兴趣，也不想当国君。为了向哥哥表明自己无心争权，他每天饮酒作诗、游玩享乐。但命运恰恰跟他开了个玩笑，李煜23岁时，李弘冀病死了。

[1]南唐：五代十国时期的南方十国之一，经济发达，文化繁荣。五代十国的分裂局面，最后被北宋所统一。

两年后，李煜(jǐng)的父亲——南唐国君李璟也去世了。就这样，不想当国君的李煜，无奈之下继承了国君之位。

李煜当了国君后，生活依旧安逸悠闲，他这时写的词，大都像《玉楼春》一样，描述了宫廷的快乐生活。

李煜精通书画、音律，在诗、词的创作上也有极高的天赋，是个不折不扣的大艺术家。

玉楼春

晚妆初了明肌雪，春殿嫔(pín)娥(é)鱼贯列。
凤箫(xiāo)吹断水云间，重(chóng)按霓(ní)裳(cháng)歌遍彻。
临春谁更飘香屑，醉拍阑(lán)干情味切。
归时休放烛花红，待踏马蹄清夜月。

这时，宋太祖已经统一了北方。李煜知道南唐根本不是宋的对手，于是送了大批金银珠宝前去求饶，还去掉了“唐”的国号，改叫“江南国主”，表明愿意臣服宋，不当国君了。可宋太祖志在统一天下，本着“卧榻(tà)之侧，岂容他人鼾(hān)睡”的原则，很快就攻破了南唐都城金陵（今南京），李煜也被抓到北宋的都城汴(biàn)京（今开封）软禁了起来。

李煜在汴京受尽了屈辱，词风也变得凄凉起来。在这首《相见欢》中，充满了他的亡国之痛及孤独与哀愁。

相见欢

无言独上西楼，月如钩，寂寞梧桐(wú tóng)深院锁清秋[1]。

剪不断，理还乱，是离愁，别是一般滋味在心头。

注释　[1] 锁清秋：被秋色所笼罩。

《虞(yú)美人》是李煜的绝命词。在他 42 岁的生日宴上，内心苦楚的李煜多喝了几杯酒，乘兴作了这首感怀故国的词。但很快，这首词就传到了宋太宗赵光义[1]耳朵里。愤怒的宋太宗以为李煜有叛逃之心，就派人送去一杯毒酒，赐死了李煜。

[1] 宋太宗赵光义：此时宋太祖赵匡胤(yìn)已死，他的弟弟赵光义即位。

虞美人

春花秋月何时了？往事知多少。

小楼昨夜又东风，故国不堪回首月明中！

雕(diāo)栏玉砌(qì)❶应犹在，只是朱颜改❷。

问君能有几多愁？恰似一江春水向东流。

注释

❶ 雕栏玉砌：指远在金陵的南唐宫殿。

❷ 朱颜改：面目变得憔悴，指作者自己此时已成亡国之囚。

柳　永 北宋

生　　卒：约 984 年—约 1053 年
字 / 号：字耆（qí）卿
称　　号：柳屯田
代表名句：多情自古伤离别，
　　　　　更那堪，冷落清秋节！

柳永原名柳三变，又叫柳七，出生在山东费县，父亲是县令。柳永是官宦（huàn）子弟，小时候通读诗书，并跟着到各地任职的父亲去了不少地方，增长了见识。

柳永的两个哥哥柳三复和柳三接，作词也很厉害，兄弟三人合称“柳氏三绝”。

26 岁时，柳永进京参加科举考试，结果却落榜了。据说，他把一肚子怨气写进了《鹤冲天》里，“忍把浮名，换了浅斟(zhēn)低唱！”意思是，既然考不上，那我就不考了，天天喝酒、唱歌不是也挺快乐的吗？不承想，很多年后，这首词给他惹来了大麻烦……

鹤冲天（节选）

烟花巷陌(xiàng mò)，依约丹青屏障(píng zhàng)[1]。幸有意中人，

堪寻访。且恁偎(nèn wēi)红倚(yǐ)翠，风流事，平生畅(chàng)。

青春都一饷(xiǎng)。忍把浮名，换了浅斟低唱！

注释 ① 丹青屏障：彩绘的屏风。

经过多年的努力，柳永 41 岁时，好不容易通过了考试！但宋仁宗圈点放榜时，一下子就看到了柳永的名字，想到了那首《鹤冲天》，便充满嘲弄地，把他的名字划掉了……

从此以后，失落的柳永开始专心写词，逢人便自嘲地说自己是“奉旨填词的柳三变”。

后来，柳永决定离开京城，浪迹天涯。临走前，他的恋人前来送别，他把自己官场上的失意，还有与恋人分别的悲伤，都写进了《雨霖(lín)铃》里。

雨霖铃（节选）

多情自古伤离别，更那堪(kān)，冷落清秋节！
今宵(xiāo)酒醒何处？杨柳岸，晓风残月。
此去经年[1]，应是良辰好景虚设。
便纵有千种风情，更与何人说？

注释

① 经年：年复一年。

后来，他把名字由“柳三变”改成了“柳永”，使皇帝想不起昔日的柳三变。这一次，他终于考中了进士，担任了县令，转任各地，为国为民做了不少好事。

晏殊

北宋

生　　卒：991 年—1055 年

字 / 号：字同叔

代表名句：无可奈何花落去，
　　　　　似曾相识燕归来。

晏(yàn)殊生于江西，家境并不富裕。他天资聪颖，出类拔萃，是邻里街坊口中的小才子。

晏殊 14 岁那年，被当地官员推荐给了朝廷，越级参加了由皇帝主持的殿试。他年龄虽小，却神情自若，当发现考题自己曾做过时，便请求皇帝换个新题目。宋真宗被这个年轻人的真诚与才华所打动，赐予他同进士出身，让他做秘书省正字。就这样，晏殊小小年纪就做了朝廷命官。

后来晏殊屡(lǚ)次升官，身居要职。当别人都在参加宴饮、娱乐的时候，晏殊却在刻苦读书。宋真宗很好奇，问他为什么不去玩。他诚实地答道：“因为没钱。”这下子，真宗更加器重他了，干脆让他做了“太子舍(shè)人[1]”，到太子赵祯(zhēn)（后来的宋仁宗）身边陪读。

[1] 太子舍人：陪伴太子左右，能用高尚的德行对太子进行言传身教的人。

当时北宋朝局稳定，天下太平，经济繁荣，晏殊的日子过得平静而安逸。在一个春日，院子里开满了鲜花，晏殊写了一首《浣(huàn)溪沙》，感叹美好的时光更容易流逝。

浣溪沙

一曲新词酒一杯，去年天气旧亭台。夕阳西下几时回？
无可奈何花落去，似曾相识燕归来。小园香径(jìng)独徘(pái)徊(huái)。

宋真宗去世后，年仅 12 岁的仁宗继位，有大臣想趁机独揽(lǎn)朝政大权。晏殊毅然站出来，提议请刘太后垂帘听政，这才稳定了政局。1032 年，晏殊升任参知政事。后来，因为和刘太后政见不一，晏殊被贬到外地任职。

这一年，李元昊(hào)称帝建国，宋人称之为“西夏”。西夏军队把陕(shǎn)西一带的宋军打得节节败退。晏殊冷静分析形势，提出了四条应对方法，宋仁宗立刻实施，果然很快把西夏军队打回了老家。

宋仁宗长大后，独掌朝政，重新起用了晏殊，让他做了宰相。虽身居高位，但此时的晏殊已年过五十，经历的离愁别恨多了，心中也难免有些淡淡的忧愁。在一个云雾缭绕（liáo rào）的夜晚，他将这些愁绪写进了《蝶恋花》中。

蝶恋花

槛（jiàn）[1]菊愁烟兰泣露，罗幕轻寒，燕子双飞去。

明月不谙（ān）[2]离恨苦，斜光到晓穿朱户。

昨夜西风凋（diāo）碧树，独上高楼，望尽天涯路。

欲寄彩笺（jiān）兼（jiān）尺素[3]，山长水阔知何处！

注释

① 槛：木头做的栏杆。

② 不谙：不了解，没有经验。

③ 尺素：书信的代称。

这一年，晏殊病得很重，还没等仁宗去看望，他就去世了。晏殊一生仕途相对平坦，官运亨（hēng）通，是一人之下、万人之上的朝廷重臣。当时北宋几乎没有战乱，后人把他称为“太平宰相”。他唯贤是举，范仲淹、王安石等都是他的学生，很多后来成为朝廷重臣的人都得到过他的提拔、栽培。

欧阳修 北宋

生　　卒：1007 年—1072 年
字 / 号：字永叔，
号醉翁、六一居士
称　　号："唐宋八大家"之一
爱　　好：喝酒、金石
代表名句：月上柳梢头，
人约黄昏后。

欧阳修出生在绵州（今四川绵阳），父亲是绵州的军事推官。在欧阳修还很小的时候，他父亲就去世了，从此与母亲相依为命因为买不起纸笔，母亲就用荻（dí）秆[1]在沙地上教他写字。聪明的小欧阳修，常常去别人家借书抄读，总是还没抄完就已经会背诵了。

[1] 荻秆：荻草的秆。

17 岁时，欧阳修开始参加科举考试，接连两次落榜。但第三次，他在连续三场考试中，都得了第一名。这让他充满信心，觉得殿试时一定能得中状元，便做了一身状元服，准备到时候穿。

殿试前一晚，欧阳修的同学王拱辰来欧阳修家里做客，看见状元服，觉得新鲜，就试穿了一下，还兴奋地说："我穿状元袍子啦！"结果第二天，真是王拱辰中了状元。其实，欧阳修没中状元的真相，是他在殿试中表现得太过优秀，考官担心他骄傲自满，就故意把他调到了第14名。

科考成功后，欧阳修先到洛阳做了留守推官[1]，后被调回京城编史书。但由于他支持好友范仲淹的"庆历新政"，改革失败后，他又被贬成了地方官。此后不久，他的妻子杨氏也去世了。

[1] 留守推官：负责宫廷供应的后勤人员。

正月十五这天，欧阳修想起去年和妻子一起逛灯会的温馨场景，如今却只剩他一人，触景生情，把对妻子的思念写进了《生查子·元夕》中。

生查子·元夕

去年元夜[1]时，花市灯如昼。
月上柳梢头，人约黄昏后。
今年元夜时，月与灯依旧。
不见去年人，泪湿春衫袖。

注释

1 元夜：元宵节的夜晚。

欧阳修在滁（chú）州（今安徽滁州）任太守时，常常约上几位好友，到琅琊（láng yá）山上的一座小亭子里喝酒、游玩。在那里，他写下了著名的散文《醉翁亭记》。其实，欧阳修并没有什么酒量，总是“饮少辄（zhé）醉[1]”，他只是借酒消愁，排遣谪（zhé）居[2]生活的苦闷罢了。

[1] 饮少辄醉：只喝一点酒就醉了。

[2] 谪居：古代官吏被贬官、降职到偏远的地方居住。

醉翁亭记（节选）

峰回路转[1]，有亭翼(yì)然[2]临于泉上者，醉翁亭也。作亭者谁？山之僧智仙[3]也。名之者谁？太守自谓也。太守与客来饮于此，饮少辄醉，而年又最高，故自号曰醉翁也。醉翁之意不在酒，在乎山水之间也。山水之乐，得之心而寓(yù)之酒也。

注释

① 峰回路转：形容山峰、道路曲折环绕。

② 翼然：像鸟张开翅膀一样。

③ 智仙：琅琊寺住持，醉翁亭的修建者。

苏　轼

北宋

生　　卒：1037年—1101年
字 / 号：字子瞻，号东坡居士
称　　号：“三苏”之一
代表名句：但愿人长久，
　　　　　千里共婵娟。

苏轼生于眉州（今四川眉山），父亲苏洵(xún)是散文大家。苏轼从小在书香中长大，才学过人。21岁时，苏轼进京赶考。主考官欧阳修批到他的试卷时，赞不绝口，以为是自己的学生曾巩所写。为了避嫌(bì xián)，只给了他第二名。后来，当欧阳修得知这是苏轼的试卷时，懊悔(ào huǐ)不已。此后，逢人便夸苏轼的才华，苏轼也因此名噪一时。

这一年，“王安石变法”正轰轰烈烈地进行着。苏轼曾几次上书反对变法，都不了了之。见很多好友被“新党[1]”排挤、贬官，他也知趣地请求调到地方去任职了。

[1]新党：王安石变法一派被称作新党，反对变法的一派被称作旧党。

后来，苏轼被调到密州（今山东诸城）任知州[1]。中秋时节，独自在外的苏轼思念过世的父母，还有七年未见的弟弟苏辙(zhé)。此情此景令人心生悲凉，为此，他写了一首著名的《水调(diào)歌头》。

[1] 知州：宋朝时各府州的正长官。

水调歌头（节选）

明月几时有？把酒①问青天。不知天上宫阙(què)②，
今夕是何年。我欲乘风归去，又恐琼(qióng)楼玉宇③，
高处不胜寒。起舞弄清影，何似在人间。

注释

① 把酒：端起酒杯。

② 天上宫阙：指月中宫殿。

③ 琼楼玉宇：指想象中的仙宫。

苏洵、苏轼、苏辙并称为“三苏”，三人也同属“唐宋八大家”。

多年后，新党又诬陷苏轼，说他写的公文“愚弄朝廷，妄自尊大”，请求宋神宗处死苏轼。幸好王安石等元老大臣说情，还因北宋开国时定下的“不杀士大夫”的国策，苏轼才保住了性命。这就是有名的“乌台诗案”。

无中生有的诬陷，让苏轼对朝政心灰意冷。但他生性豁(huò)达，很快便从忧愁中解脱出来，带着家人在黄州城东的山坡上开荒农耕，自给自足，“东坡居士”的别号就是这时候起的。喜爱美食的他，还把自己发明的秘制红烧肉的做法写入了《猪肉颂(sòng)》，使美味的“东坡肉”流传至今。

他还时常去城外的赤壁山散心，并写了一首《念奴娇·赤壁怀古》，来怀念三国名将周瑜(yú)的英雄豪情。

念奴娇·赤壁怀古（节选）

大江东去，浪淘尽，千古风流人物[1]。故垒(lěi)西边，
人道是，三国周郎赤壁。乱石穿空，惊涛拍岸，
卷起千堆雪。江山如画，一时多少豪杰。

注释 ① 风流人物：指杰出的历史名人。

后来，苏轼调任杭州知州。在杭州，苏轼过得很惬(qiè)意，还调动民工疏(shū)通了西湖，在湖水最深处建立三塔（今三潭映月）作为标志。他又让人把挖出的淤泥集中起来，筑成一条纵贯西湖的长堤(dī)，即苏堤。苏堤如今是西湖十景之一。

秦观 北宋

生　　卒：1049 年—1100 年
字 / 号：字少游，别号邗沟居士
代 表 作：两情若是久长时，
　　　　　又岂在朝朝暮暮。

秦观祖籍会稽(kuài jī)（今浙江绍兴）。唐朝时，祖辈们为躲避“安史之乱”，举家搬到了高邮（今江苏高邮），秦观就出生在那里。从小聪明好学的他，博览群书，志向远大。长大后，他游历江浙，广交好友，还写了很多优秀的诗歌。

这一年，大文豪苏轼被调到徐州做官，秦观听说后，立刻去登门拜访。他曾在《别子瞻(zhān)[1]》中写道：“我独不愿万户侯，惟愿一识苏徐州”，表达了自己希望结识苏轼的迫切心情。苏轼也非常欣赏秦观的才华，两人很快成了知己。

[1] 子瞻：苏轼，字子瞻。

在苏轼的劝说下，秦观回到家乡，一边耕作一边发奋读书，为科举考试做准备。据说这时，他青梅竹马的姑娘要嫁人了，伤感的秦观将这份感情写进了《鹊桥仙》里。

鹊桥仙

纤(xiān)云[1]弄巧，飞星[2]传恨，银汉迢(tiáo)迢[3]暗度。
金风玉露一相逢，便胜却人间无数。
柔情似水，佳期如梦，忍顾鹊桥归路。
两情若是久长时，又岂在朝朝暮暮。

注释

1. 纤云：轻盈的云彩。
2. 飞星：流星。一说指牵牛、织女二星。
3. 迢迢：遥远的样子。

心爱的人出嫁了，科考也两次名落孙山，秦观信心尽失。苏轼亲自写了封信，劝他不要放弃科考。37 岁那年，秦观终于考中进士，并追随苏轼到京城任职。

苏门四学士：苏轼门下的四位文人，即黄庭坚、秦观、晁补之、张耒。

后来，苏轼在朝廷的党争中不断遭遇迫害。秦观作为苏轼的门生，也难逃厄运。他不断被降职、免职，最终蜗居在郴(chēn)州[1]的一个小旅舍里，过着困苦的生活。

[1] 郴州：今属湖南。

在凛冽的冬日里，秦观环顾着空荡荡的房间，忽然怀念起了家乡的美景，写下了一首《踏莎(suō)行》。

踏莎行

雾失楼台，月迷津(jīn)渡，桃源望断无寻处。
可堪孤馆闭春寒，杜鹃声里斜阳暮。
驿(yì)寄梅花，鱼传尺素[1]，砌(qì)成此恨无重数。
郴江幸自绕郴山，为谁流下潇湘去？

注释 ① 鱼传尺素：传递书信的意思。这里也表示接到朋友问候。

词人小趣闻

宋词里藏着好多你不知道的小秘密！词人之间也有好多有趣的小故事，让我慢慢讲给你听吧。

苏轼效始皇，独食六盘菜

苏轼进京赶考时，遇见了几个自负的读书人。他们听说苏轼才华横溢，很不服气，就请苏轼赴宴，想戏弄他一番。众人落座后，有人提议行酒令，酒令内容必须引用历史人物和事件，这样就能独吃一盘菜。

但是七个人，只点了六盘菜。那几个人各自行完酒令后，就把菜都分完了。就在他们准备看笑话时，苏轼却不慌不忙地说道：“秦始皇并吞六国！”说完就把六盘菜全部端到自己面前。众人呆若木鸡。

修已知道你，你还不知羞！

有个富家秀才，没读过几本书，却觉得自己很有文采，听说欧阳修诗词写得好，就发誓要和欧阳修比个高下。在去欧阳修家的路上，秀才看见河边有棵大树，诗兴大发，念道："路旁一古树，树上两个杈。"念完就接不下去了。说来也巧，欧阳修恰好经过这里回家，就随口接道："春来苔为叶，冬至雪当花。"

接着，两人一起上船，准备渡河。河中间有一群大白鹅，秀才又有了灵感："远看一群鹅，一棒打下河。"念完又接不上了，欧阳修便说："白翼分清水，红掌踏绿波。"

这下秀才高兴坏了，感觉这个人一定能和自己并肩作战，打败欧阳修，就把自己此行的目的告诉了欧阳修本人。下船后，秀才高兴地说："诗人同登船，去访欧阳修。"无奈的欧阳修只好接道："修已知道你，你还不知修（羞）！"恍然大悟的秀才一下子羞红了脸。

中国诗歌的发展

● 到了魏晋南北朝时，继汉乐府之后，第一次掀起了文人诗歌创作的高潮。这一时期的代表作品有《木兰诗》。

木兰诗（节选）

万里赴戎机，关山度若飞。
朔气传金柝（tuò），寒光照铁衣。
将军百战死，壮士十年归。

时间轴

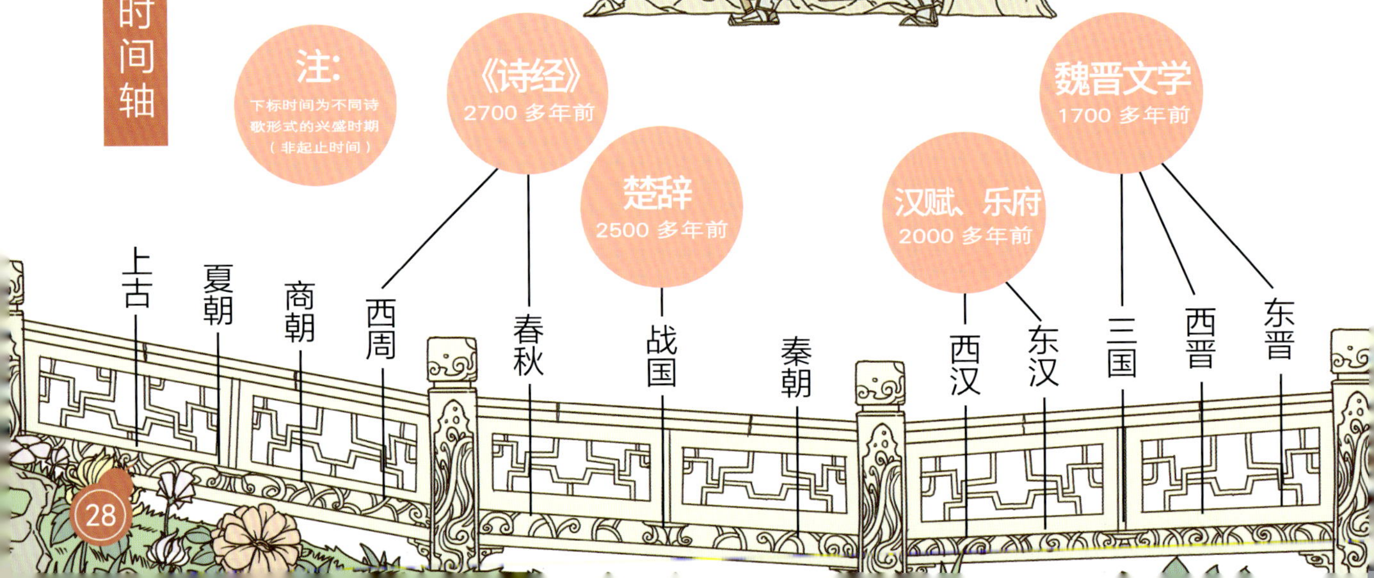

● “诗”在唐朝达到了鼎盛，题材也非常丰富。这一时期涌现出了许多大诗人，如李白、杜甫、白居易等。唐朝中后期，“词”也逐渐发展起来，被称作“诗余”。

独坐敬亭山

众鸟高飞尽，孤云独去闲。
相看两不厌，只有敬亭山。

魏晋诗歌

魏晋时期，军阀(fá)混战，社会动荡不安，但思想自由开放，极大地促进了魏晋文学的发展。这一时期，文人创作的重心从辞赋转移到诗歌，形成中国文学史上第一次诗歌创作高潮，对以后的唐诗影响巨大。

曹操就是魏晋文学的先驱，他的诗歌慷慨悲凉，既反映了动乱的社会现实，又吐露了渴望建功立业、统一天下的壮志。

东汉末年，奸臣董卓作乱，36岁的曹操起兵讨伐。看着连年的战乱使百姓身处水深火热之中，曹操心里充满了悲愤和同情，写下了这首《蒿里行》。

蒿里行（节选）

关东有义士，兴兵讨群凶[1]。
初期会盟津，乃心在咸阳。
军合力不齐，踌躇(chóu chú)而雁行。
势利使人争，嗣(sì)还自相戕(qiāng)[2]。

注释

[1] 讨群凶：指讨伐董卓及其党羽。

[2] 自相戕：自相残杀。

后来，曹操击败了北方最大的军阀袁绍，一统北方。他率领大军南下，想要灭掉刘备、孙权两大势力，天下一统。在与孙刘联军交战于赤壁的前一夜，自信满满的曹操在船上摆宴席，和将士们一起喝酒。喝到兴起，他拿起长矛站在船头，即兴唱起了这首《短歌行》。

短歌行（节选）

对酒当歌，人生几何？譬(pì)如朝露，去日苦多。
慨(kǎi)当以慷(kāng)，忧思难忘。何以解忧？唯有杜康[1]。

注释 ① 杜康：相传是最早造酒的人，这里代指酒。